Collection J.-C.-A. P.

CONDITIONS DE LA VENTE

Elle sera faite au *comptant*.

Les adjudicataires paieront *dix pour cent* en sus des enchères.

Certains lots seront divisés ; d'autres pourront être réunis.

L'exposition mettant le public à même de se rendre compte de l'état et de la nature des objets, aucune réclamation ne sera admise une fois l'adjudication prononcée.

MM. les experts observent ici qu'ils ont reproduit, dans le présent *Catalogue*, les descriptions et les attributions données par le propriétaire des objets ci-après désignés.

Paris. — Imprimerie G. Picquoin, 63, Rue de Lille

Collection J.-C.-A. P.

Portraits divers
de tous les acteurs Thénard

PAR, OU ATTRIBUÉS A :

Boilly, Boqué, Cazenave, David, d'Hastrel, Dolphe, Job-Vernert, Nateisse, Pannetier, Rouvière, Vincent.

Papiers, Correspondances, Souvenirs de ces Acteurs

Pendule Louis XVI — Bijoux

Œuvres de Ferdinand Thénard :
Gravures, Ciselures, Sculptures, Caricatures, Dessins, Aquarelles, Peintures

TABLEAUX

Dessins, Gouaches, Aquarelles, Miniatures

PAR, OU ATTRIBUÉS A :

Bernier, Beyer, les Ciceri, Defaux, Diaz, Français, Géricault, Gudin, Ch. Jacque, Lauvergne, Lazerges, Mignard, Millet, Percier et Fontaine, H. Pille, Rousseau, Steuben, Vernet, Vital, Weirotter.

ESTAMPES DES XVIIᵉ, XVIIIᵉ ET XIXᵉ SIÈCLES

Portraits de Napoléon 1ᵉʳ et de la Reine d'Angleterre

SOUVENIRS DE 1870-71, CHARTES, LIVRES, MÉDAILLES

BRONZES, MÉDAILLONS, IVOIRES

Boîtes, Objets de vitrines, Porcelaines, Faïences

VOLUMES, PUBLICATIONS, CATALOGUES ILLUSTRÉS

DONT LA VENTE AUX ENCHÈRES AURA LIEU

HOTEL DROUOT, SALLE Nᵒˢ 10

LES LUNDI, MARDI, 20, 21 MARS 1911, A DEUX HEURES

Mᵉ EDOUARD **FOURNIER,** COMMISSAIRE-PRISEUR

29, rue de Maubeuge

EXPERTS :

M. GANDOUIN
40, avenue de Wagram

MM. Léo **DELTEIL**
& LE CORBEILLER
38, rue de Châteaudun

Chez lesquels se trouve le présent Catalogue

EXPOSITION PUBLIQUE

Le Dimanche 19 Mars 1911, de 2 heures à 6 heures

ORDRE DES VACATIONS

PRÉFACE

Un ouvrage (1), édité en 1900, mentionnait, pour la première fois, les états civils réunis, les biographies, jusque-là inconnues, de tous les membres d'une famille d'acteurs, peut-être unique dans les annales théâtrales, et qu'on n'avait sans doute pas encore eu la possibilité de mettre à jour.

La vie si curieuse de Ferdinand Thénard ramena l'attention des amateurs de gravures, de ciselures bien fouillées, surtout sur celles de ce maître qui, ayant abordé l'Art dans presque toutes ses manifestations, laissa des œuvres le classant, en très bon rang, parmi les célébrités de l'époque du *Second-Empire*.

Parmi ses œuvres on peut citer : *Le Médaillon de Molière*, au Musée de la Monnaie ; quantité de pierres précieuses, taillées ou gravées ; *L'Alliance*, à présent au Musée de Woolwich ; *Le Vase de Crimée* ; *Le Chef de bataillon à la tranchée devant Sébastopol*, *Le Clairon de Zouaves* ; *Le Tambour des Highlanders*, sonnant, battant la charge à l'Alma ; *La Prise du Cerf* ; les *Cachets* des empereurs de France et de Russie ; celui reproduisant, en ronde-bosse, *la Tête de Walter Scott* ; ceux des *Fleurs et Proverbes* ; de *L'Hyménée* ; *Pierrot et Pierrette* ; *A califourchon* ; les coupes en cornaline, avec *l'Amour soulevant* ou *marchant sur le monde* ; plusieurs médailles ; le *Médaillon de lord Palmerston*, pendant à celui de *Dix ans d'Empire* ; *Ordre et Liberté*, statuette qui personnifie la *Constitution de 1875*.

---

(1) *Famille d'artistes : Les Thénards* 1 vol. in-8, de viii-320 p., imprimé sur vélin, tiré à 100 ex. numérotés. Paris, E. Leroux, éditeur, 1900, et *Supplément à Famille d'artistes. Catalogue*, etc., Broch. de iv-23 p., tirée à 100 ex. correspondant à ceux du vol. Ouvrages présentés à l'Académie des Beaux-Arts, dans sa Séance du 20-x 1900.

Enfin, le *Bénitier artistique*, brisé, en partie, au *Quatre-Septembre*; un *Encrier Louis XV*; la coupe *Arion fascinant les Dauphins: Le Vase des Sept Péchés capitaux*, etc, etc., enfouis dans des collections particulières.

Dans d'autres genres, la vente, décrite ci-dessous, comprend, à l'actif de Thénard, 20 caricatures faites par lui à Vichy, Nice, Monaco; celle de son *fasciés:* 1 dessin au fusain; 4 aquarelles en feuilles; 16 tableaux peints à l'huile, dont : *La Moisson* et son pendant ; 2 *Études d'arbres*, dans des cadres en bois sculpté; une *Rue à San-Remo*, et *Aux Chasses de Compiègne*, 1852, ne sont pas les moins intéressants.

Si le livre précité révéla la vie des Thénard, l'exposition publique qui aura lieu, à l'Hôtel Drouot, Salle 10, le 19 mars 1911, réunira, pour la première fois, l'ensemble de leurs portraits, hormis les trois suivants, à présent classés : un de David, montrant la Grande Thénard, dans Hermione, qui appartient à l'arrière petite-fille de cette actrice; la curieuse statuette de la célèbre tragédienne, par Houdon, qu'on admire à Carnavalet ; enfin, un portrait de Thénard aîné, par Riesner, au Musée de la Comédie-Française. Un autre *remarquable portrait* de ce comédien, par Vincent, figura au *Salon* de 1812, et se trouve décrit ci-dessous.

Ces quatre portraits, ainsi que les estampes, coloriées ou non, publiées par la *Galerie Théâtrale* et la *Galerie de la Presse*, sont, à notre connaissance, les seuls ayant été exposés jusqu'à ce jour. Pourtant, parmi les autres, mis en vente, il s'en trouve ayant pour auteurs : Boilly, David, Rouvière, de Cazenave, Job-Vernert, Boqué, Nateisse, d'Hastrel.

Les papiers, correspondances, souvenirs, laissés par ces artistes seront mis aux enchères, à l'exception : 1°, des lettres et papiers privés n'ayant pas d'intérêt public ; 2°, des objets suivants : — La très belle miniature de Nourry, Guillaume-*Antoine*, dit Rozelli, dit Nourry-Grammont, né à La Rochelle, le 10-VI 1730 ; mari de la Grande Thénard ; Sociétaire de la Comédie-Française, mort sur l'échafaud, le 24 germinal an II : seul portrait réellement authentique et connu de ce cruel révolutionnaire. — La bague, cadeau de noces offert, par le duc de Berry, à Mme Thénard, née Louise Durand. — Les trois petites décorations portées par M. Masson de Puitneuf. — Un des cachets *Renaissance* ciselés par Ferd Thénard ; un encrier, un calendrier créés par lui, lui ayant servi, ainsi que les *Œuvres de Winkelmann*, et un *Siret*, édition de 1866. — Enfin, un camée du XVII° (sujet religieux), donné à Mme E. de Barral, lors de son mariage.

Tous ces objets sont classés, dans ce *Catalogue*, d'abord par séries ;

puis, par rang de naissance, des personnages qu'ils représentent, ou de ceux auxquels ils ont appartenu.

Un astérisque précède ceux qui ont été acquis depuis 1889.

Ce *Catalogue* mentionne, en outre, dans sa *Deuxième Partie*, des tableaux par : Bernier, Defaux, Diaz, Français, Géricault, Lauvergne, Lazerges, Mignard, Rousseau, de Steuben, etc.; des dessins, gouaches, aquarelles, par deux des Ciceri, Gudin, E. Isabey, Ch. Jacque, Percier et Fontaine, H. Pille, Weirotter; douze miniatures dont plusieurs sont historiques; de très belles estampes des xviie, xviiie et xixe siècles; de fort rares portraits de Napoléon Ier et de la reine Victoria; des souvenirs de 1870-71; des livres, des chartes, des médailles concernant la Franche-Comté; un bronze en métal de cloche, fondu à cire perdue, daté de 1656, qui fut peut-être destiné à un de nos châteaux historiques; un grelot des anciens *Courriers du Roi* : une plaque de cheminée représentant Louis XVI, signant la Constitution de 1791; des bustes, des médaillons de Sully, Crillon, Talma, Napoléon Ier, Louis XVIII; quelques ivoires, des rideaux peints sur soie, provenant de Chine; des porcelaines et des faïences françaises, anglaises, hollandaises, etc., peu communes; enfin, des livres, publications, journaux, catalogues, illustrés ou non, d'Expositions et de Grandes Ventes.

Le côté historique s'attachant à ces objets, dont un certain nombre sont uniques, ne paraît pas devoir en diminuer l'intérêt.

Un Amateur.

Paris, le 10 janvier 1911.

PREMIÈRE PARTIE

Portraits, Papiers, Correspondances

Souvenirs

de tous les acteurs Thénard

Œuvres de Ferdinand Thénard

Portraits des Thénard

peints sur toile, au pastel, dessin, daguerréotype ;

en estampe, aquarelle, miniature, etc.

1. — **La Grande Thénard**, *Magdeleine*-Claudine *PERRIN*,
née à Voiron (Isère), le 11-XII 1757, débuta à la Comédie-
Française, le 2-X 1777 ; fut Sociétaire, du 1er-VI 1781 au
13-II 1819 ; épousa Nourry-Grammont en 1782 ; joua à Dresde,
avec l'élite de la Comédie, du 7-VII au 12-VIII 1813 ; † à Paris,
le 20-XII 1849. Inhumée au *Cimetière du Sud*. — Portrait de
forme ovale, peint sur toile, vers 1819, représentant la célèbre
tragédienne vue de face, à mi-corps ; coiffée d'un bonnet à
ruches ; vêtue d'un manteau garni de fourrure grise ; ayant les
mains croisées devant elle, et tenant, de la droite, des « Lettres
de mes enfants ». Cadre ovale, en bois doré, de style Louis XVI.

H. : 0,96 ; L. : 0,80.

2. — **Mme Thénard**, aîné, Elisabeth-*Julie LIZARDE*, du
Théâtre de l'Impératrice, née à Paris, le 20-XII 1782 ; se maria à
Brest, le 17-V 1803 ; † à ..., le ...18...? — P. s. t., par
J.-L. David, vers 1808, montrant cette actrice en buste, presque
de face ; tête nue, les cheveux retenus par un ruban et un peigne
formant diadème. Cadre doré.

H. : 0,48 ; L. : 0,38.

3. — **Mme Thénard**, Louise *DURAND*, née à Paris le 5-IX 1793 ;
joua au Palais de Saint-Cloud, dès l'an XIII, avec Mars, Talma,
etc. ; fit partie de la Comédie-Française, du 18-IX 1813, au
20-VII 1855 ; épousa M. Masson de Puitneuf, le 18-IX 1816 ;
† à Paris, le 20-V 1877. Inhumée au *Cimetière du Sud*. —
P. s. t., lors de son mariage, la représentant en buste, vue à
gauche ; nu-tête, vêtue d'un corsage blanc décolleté et à manches
bouillonnées. Cadre doré de l'époque.

H. : 0,73 ; L. : 0,68.

4. — **Mme Thénard**, Antoinette, dite Jenny *MASSON DE PUITNEUF*, de l'Opéra, née et † à Paris, les 11-III 1817 — 5-III 1873. Inhumée au *Cimetière du Nord*. — P. s. t., daté et signé : *Rouvière 1857* (1), montrant la cantatrice en pied, vue de 3/4, à droite ; nu-tête ; vêtue d'une toilette de soie bleue, garnie d'un fichu de belle dentelle. Cadre doré de l'époque.

H. : o 65 ; L. : o,55.

5. — **Thénard**, *Ferdinand*-Etienne-Louis-Christophe, *MASSON DE PUITNEUF*, né à Paris, rue Montmartre, 173, le 18-IV 1823 ; élève du graveur Brasseux auquel il succéda ; du Conservatoire de Musique de Paris et du peintre Simon ; artiste lyrique, graveur, ciseleur, sculpteur, peintre, caricaturiste, inventeur et auteur dramatique ; décédé, Avenue des Ternes, 102, le 24-V 1889. Inhumé au *Cimetière du Sud*. — Le grand artiste est vu debout, presque en pied, de 3/4 à gauche ; nu-tête ; vêtu d'un veston ; tenant ouvert, de la main droite, son album de dessin, dans lequel est posé un crayon. Le fond de la toile, à gauche, reproduit, dans un coin de son atelier : une tapisserie, des meubles, des tableaux ; puis *Le Chef de bataillon à la tranchée devant Sébastopol*, une de ses œuvres préférées. P. s. t., signé et daté : *L.-Job Vernert* (2), *Nice, 1871*. Cadre doré.

H. : 1,56 ; L. : 1,24.

6. — **Lizarde** (Mᵐᵉ Veuve), Claudine-*Madeleine* Duchesne, née à Paris, le … 1740 ; belle-mère de Thénard aîné ; † à Nancy, le 7-X 1823. — Vue à mi-corps, de 3 4 à droite, vêtue d'une robe claire, coiffée d'une fanchon ; portant un châle laissant à découvert l'épaule droite et la poitrine. Pastel attribué à Boilly, Louis-Léopold, 5-VII 1761 — 4-I 1845. Cadre Louis XVI.

H : o,420 ; L. : o,335.

7. — **La Grande Thénard**. — Copie faite par Ferdᵈ Thénard, alors âgé de 12 ans, du portrait de son aïeule, par J.-L. David, et montrant la célèbre tragédienne dans *Andromaque*, disant ces vers :

> Tais-toi, perfide,
> Et n'impute qu'à toi ton lâche parricide. (Acte V, sc. V)

Cadre en bois de sapin teinté.

H : o,68 ; L. : o 56.

*8. — **La Grande Thénard**. — Vue de 3/4 à droite, assise sur une chaise semblable à celle qu'elle occupe dans son portrait peint sur toile ; vêtue d'une pelisse lui cachant les bras et les

<hr>

(1) Rouvière, Philibert, né à Nîmes, le 18 III 1805, élève de Gros, et acteur célèbre ; † à Paris, 11, rue Cadet, le 19-X 1865.

(2) Job, dit Job-Vernert, né à Paris, le… 1830, élève de L. Cogniet ; † à Nice, le 20-XII 1874.

mains ; coiffée d'un bonnet ruché, laissant voir les boucles de ses cheveux, et dont les brides pendent devant elle. Intéressant portrait, signé : *Pannetier, 1836*. Cadre doré de l'époque.

H. : 0,33 ; L. : 0,29.

9. — **La Grande Thénard.** — Vue presque de face, un peu à gauche, assise sur un fauteuil ; vêtue d'une robe bleue pointillée de noir, serrée à la taille par une ceinture à boucle ; coiffée d'un bonnet de soie bleue, garni de dentelle ruchée. Portrait attribué à Ferd^d Thénard, alors élève de Brasseux ; que Thénard jeune emportait dans ses tournées, et qu'il donna à sa belle-sœur, en 1838, à Bordeaux. Cadre en sapin teinté.

H. : 0,285 ; L. : 0,230.

9 *bis*. — *Reproduction au daguerréotype du portrait précédent.*

H. : 0,18 ; L. : 0,14.

10. — **La Grande Thénard aveugle.** — Vue de 3/4 à droite, assise sur une chaise ; vêtue d'une robe noire, à col et à poignets de dentelle ; coiffée d'un simple bonnet blanc ; porte au cou une broche ; à sa ceinture, une montre d'or avec chaîne et breloques ; puis des bagues à quatre doigts de la main droite. Portrait au daguerréotype, fait en 1847, pour les 90 ans de la célèbre tragédienne.

H. : 0,18 ; L. : 0,14.

*11. — **Thénard** *aîné*, du Premier Théâtre-Français. — Portrait par Vigneron, lith. sur chine, par Brégeaut (collection du *Corsaire*, n° 41). Cadre doré de l'époque.

H. : 0 41 ; L. : 0,33.

*12. — **Thénard** *jeune*, Nourry-Grammont, *Marc-Antoine*-Jean-Baptiste, de l'Odéon, né et † à Paris, les 9-VI 1783 — 31 I 1850. Inhumé au *Cimetière du Sud*. — Portrait par Vigneron, lith. par Engelmann (collection du *Corsaire*, n° 65). Cadre doré de 1830.

H. : 0.41 ; L. : 0,33.

13. — **Mme Thénard**, née Louise Durand, de la Comédie-Française. — Deux photographies encadrées, en double face, la représentant : l'une dans le rôle de Marceline, du *Mariage de Figaro*, un de ses plus grands succès ; l'autre, à l'âge de 80 ans. * Cadre noir à filets dorés.

H. : 0,26 ; L. : 0,20.

*14. — **Thénard**, de l'Opéra-Comique. Perrin. *Etienne*-Bernard-Auguste, né à Lyon, le 21-I 1807, fils de Thénard aîné et de Lizarde, Elizabeth-*Julie* ; ténor et compositeur ; épousa, à Paris, le 1er-IV 1827, *Gabrielle*-Raymonde Bousigues, et † à Bruxelles le 8-V 1838. — Vu à mi-jambes, de 3/4 à gauche ; tête nue ; vêtu à la mode du temps. L'artiste est debout, plaquant, de la main droite, des accords sur les basses d'un piano placé derrière lui. —

Lith. faite peut-être à l'occasion de son mariage, et signée par Maurin. Cadre doré de l'époque.

H. : 0,520 ; H. : 0,435.

★15. — Mᵐᵉ Thénard, du Théâtre du Vaudeville, *Gabrielle*-Raymonde Bousigues, née à Nîmes, le 3-III 1809, fille de Raymond Bousigues, et de *Geneviève*-Reine Lemonnier, sœur du comédien de ce nom ; † à Neuilly-sur-Seine, le 19-IX 1861. — *Galerie Théâtrale*, 1ʳᵉ Lᵒⁿ, Pl. 4. Dessiné par H. Lacauchie, gravé en couleur par E. Rouargue, la représentant dans le rôle de Marguerite, de la *Nuit de Noël*, disant ces mots :

Tout est fini, je suis sa femme,
Ma mère est obéie et mon malheur a commencé.

Cadre doré de l'époque 1830.

H. : 0,45 : L. : 0.36.

★16. — Mᵐᵉ Thénard (deux autres portraits de cette actrice) : l'un, par Léon Noël, lith. par Frey ; l'autre, par Benjamin, reproduit dans la *Galerie de la Presse*. Encadrés en double face. Cadre doré de 1830.

H : 0,45 ; L. : 0,36.

★17. — Lemonnier, du Théâtre-Royal de l'Opéra-Comique, oncle de E. Thénard. — Portrait par Vigneron, lith. de Engelmann (collection du *Corsaire*, nᵒ 64), et Mme Lemonnier, du même Théâtre, belle-mère de E. Thénard, lith. par Brégeaut (collection du *Corsaire*, nᵒ 44). Encadrés en double face. Cadre noir.

H. : 0,35 ; L. : 0,32.

18. — Ferdᵈ Thénard. — Portrait ovale, exécuté au physionotrace, sur bristol, le montrant à mi-buste, un peu à gauche, tête nue. Signé : S. de Cazenave. *Cadre en baguette dorée.

H. : 0,56 ; L. : 0,47.

19. — Ferdᵈ Thénard. — Médaillon ovale, en plâtre, buste à droite. Signé : A. Masson, 1863. *Cadre ovale en bois noir.

H : 0,35 ; L : 0,35.

20. — Ferdᵈ Thénard. — *Charge* où il est vu à droite, nu-tête, sur de petites jambes ; tenant, de la main gauche, le système d'enveloppes qu'il vient de faire breveter ; de la droite, les fils révélateurs des indiscrétions qu'il voulait empêcher. Fait à Bruxelles et signé : *Henry Luyck, 1857*. *Cadre en baguette.

H : 0,79 ; L : 0,64.

21. — Ferdᵈ Thénard. — *Charge* faite par lui, où il est représenté debout, vu de 3/4, à gauche, coiffé d'une calotte. Il montre un *Menu* fort alléchant, que surmonte sa longue moustache ondulée, abritant un nid, vers lequel accourt un oiseau. Signé de ses initiales. * Cadre en bois noir, à filets dorés.

H. : 0,46 : L. : 0.56.

22. — **Mᵐᵉ Ferdᵈ Thénard**. — Portrait ovale, exécuté au physionotrace, sur bristol, la montrant à mi-buste, tête nue. Signé : S. de Cazenave, et formant pendant avec celui de son mari. *Cadre en baguette dorée.

H. : 0,56 ; L. : 0,47.

23. — **Mᵐᵉ Eug. de Barral**, *Augustine*-Adrienne Masson de Puitneuf, fille de M. et Mᵐᵉ Ferdᵈ Thénard ; † à Paris, le 11-1 1864. Inhumée au *Cimetière du Nord*. — Vue debout, costumée en « Fileuse majeure des environs d'Aversa, Royaume de Naples ». Au fond du tableau, à droite, on voit sa mère, dans le même costume. Signé : *Ad. d'Hastrel, 1857*. *Cadre Louis XVI, doré.

H. : 0 34 ; L. : 0.26.

24. — *Panorama d'Auteuil*. — Belle aquarelle reproduisant la famille Ferdᵈ Thénard dans une villa où celui-ci peint sa fille et son gendre, tandis qu'au loin sa femme rentre avec des provisions. Signée : *Et. Dolphe, 74*, et *La Barbotterie (à M. Nivelon)*, *Ferrières, 21 avril 1857*. Jolie marine en aquarelle, faisant pendant à la précédente, et où figurent les mêmes personnages. Signée : *Et. Dolphe, 74*. Cadres dorés, à coins arrondis.

H. : 0,33 ; L. : 0,27.

25. — **La Grande Thénard**, *Magdeleine*-Claudine *PERRIN*. née à Voiron (Isère), le 21-xii 1757 ; débuta à la Comédie-Française le 2-x 1777 ; Sociétaire du 1ᵉʳ-vi 1781 au 13-ii 1819 ; épousa Nourry-Grammont en 1782. Emprisonnée avec ses camarades, le 3-ix 1793, par ordre du Gouvernement révolutionnaire, elle dut la vie à la position dans laquelle elle se trouvait ; fit partie, en 1813, de l'élite de la Comédie qui joua à Dresde, du 7-vii au 12-viii ; † à Paris, le 20-xii 1849. Inhumée au *Cimetière du Sud*. — Très belle miniature carrée, sur ivoire, faite vers 1806, collée sur fond noir, et la montrant en buste, vue à mi-corps, de profil à gauche ; vêtue d'un corsage blanc décolleté : tête nue, portant des perles aux oreilles. Attribuée à X...? Seul portrait connu, en ce genre, de la célèbre tragédienne. Cadre rond, en bois noir. *Etui marqué G. T.

Diamètre : 0,095.

26. — **Durand**, Christophe-*Louis*, dit Durand de Loyauté, né à ....., le ... 17.., acteur du Théâtre-Montansier et du Théâtre-Michel, de Saint-Pétersbourg ; père de Louise Durand ; † à .... le ... 18... Inhumé à ......? Belle miniature, sur ivoire, le représentant en buste, vu presque de face, un peu à droite, les cheveux au vent, les lèvres pincées ; son devant de chemise si ouvert qu'il laisse à nu la poitrine ; vêtu d'un habit brun de forme indistincte. Signé : *Boqué*. Cadre carré, en poudre d'écaille. *Etui : L. D.

H. et L : 0,094.

27. — **Thénard** aîné, Louis *PERRIN*, fils de la Grande Thénard, né à Lyon, le 24-IX 1779; se maria à Brest, le 17-V 1803; débuta à la Comédie-Française, le 3-XI 1808; Sociétaire, du 1er-X 1810 au 13-XI 1821; fit partie, comme sa mère, de l'élite de la Comédie qui joua à Dresde, du 7-VII au 12-VIII 1813; † à Metz, le 17-X 1825. — Ravissant portrait octogonal, sur vélin, représentant cet acteur vu en buste, de 3/4 à droite; tête nue; vêtu à la mode de l'époque; cravate et gilet blancs; habit à haut col de velours. Figura au *Salon* de 1812 sous le n° 968; lith. par Duplessi-Bertaux. Signé : *A.-B. Vincent, 1812.* * Cadre doré et à fleurettes. Boîte en carton.

H. : 0,27 ; L. : 0,27.

28. — **Mme Thénard**, Louise *DURAND*, née et † à Paris, les 5-IX 1793 — 2-V 1877, fille de la Grande Thénard et de Louis Durand. Après avoir joué devant l'Empereur, dès l'an XIII, le rôle de Joas, dans *Athalie*, avec Mars, Talma, etc., au Palais de Saint-Cloud, elle fit partie de la Comédie-Française du 18-IX 1813 au 20-VII 1855; épousa Masson de Puitneuf, le 18-IX 1816. Inhumée au *Cimetière du Sud*. — Miniature ovale, sur ivoire, datée de 1814, la montrant en buste, vue de face, un peu à droite; vêtue d'un corsage brun décolleté, portant un collier de corail rouge. Cadre en bois noir. * Etui : Mme T.

H. : 0,11 ; L. : 0,10.

29. — **Masson de Puitneuf**, Antoine-*Etienne*, né à Paris, le ... 1789; ex-huissier de la Chambre de Mgr le duc de Berry; gendre de la Grande Thénard; fonda les *Concerts en plein air* des Champs-Elysées, en 1832; fut caissier au journal *Le Figaro*, et † le 8-2 1861. Inhumé au *Cimetière du Nord*. — Superbe miniature ovale, sur ivoire, où il est vu en buste, de 3/4, à gauche; nu-tête; vêtu de cravate et d'un gilet blancs, d'un habit marron à haut col de velours. Signée et datée : *Nateisse, 1810*. Cadre en bois noir. Cercle doré. * Etui : M. de P.

H. : 0,122 ; L. : 0,106.

30. — **Mme Ferd^d Thénard**, Henriette-Marguerite-*Delphine GANNE*, née à Versailles, le 5-2 1816; † à Paris, le 19-VI 1892. Inhumée au *Cimetière du Sud*. — Fine miniature ovale, sur ivoire, la montrant en buste; vue de 3/4, à droite; tête nue, coiffée à la mode de 1840; vêtue d'une robe noire à col de dentelle; portant au cou une chaîne d'or avec médaillon. Cadre en maroquin rouge. * Etui : Mme F. T.

31. — **Mme Thénard**, Antoinette, dite Jenny *MASSON DE PUITNEUF*, de l'Opéra, sœur de Ferd^d Thénard; née et † à Paris, les 11-III 1817 — 5-III 1873. Inhumée au *Cimetière du Nord*. — Miniature ovale, sur ivoire, où elle est vue de 3/4, à droite; nu-tête, coiffée à la mode de 1840; vêtue d'une robe

Numéro 2 du Catalogue

noire ouverte sur une chemisette blanche ; ayant au cou une broche médaillon et une chaîne-sautoir d'or. Cadre ovale, liseré de cuivre. * Etui : Mme T. O.

H. : 0,085 ; L. : 0,070.

Trois portraits coloriés, publiés dans la *Galerie Théâtrale*. De toute rareté en cet état.

★32. — **Thénard** aîné, de la Comédie-Française. Rôle de Figaro, dans le *Barbier de Séville*, acte III, sc. XI. In-fol., Cœure del., Prud'hon, sculp.; **Thénard**, E., de l'Opéra-Comique. Rôle de Mergy, dans le *Pré-aux-Clercs*. In-fol., gravé par Konig, d'après A. Lacauchie, et **Mme Thénard**, du Vaudeville. Rôle de Marguerite, dans la *Nuit de Noël*. In-fol., gravé par E. Rouergue, d'après A. Lacauchie.

★33. — **Thénard** jeune, du Théâtre de l'Impératrice. Rôle de Floridor, dans *Roufignac*, sc. V, et **Thénard** jeune, du Théâtre de l'Impératrice. Rôle de Florval, dans le *Fat en province*, acte II, sc. X. In-8, par Maleuvre, d'après Carle. (Deux in-8 coloriés.) — **Thénard**, E., du Théâtre de l'Opéra-Comique. Rôle de Mergy, dans le *Pré-aux-Clercs*, acte II. In-8 colorié, par Maleuvre, s.

★34. — **Thénard**, du Premier Théâtre-Français. Trois ex. in-4 de la lith. de Brégeaut, d'après Vigneron.

★35. — **Thénard**, du Théâtre Royal de l'Odéon. Deux ex. in-4 de la lith. de Engelmann, d'après Vigneron. — **Perrin**, Thénard jeune, du Théâtre de la Gaîté, dans le *Sanglier des Ardennes*. Lith. in-4, sur chine, de A. Collette, d'après Eustache Loisay. — **Mme Thénard**, du Vaudeville. Lith. in-4, de Benjamin, publiée dans la *Galerie de la Presse*, et **Mauzin**, Alexandre, dans les *Brigands de la Loire*. Lith. in-4, par Victor Dollet.

36. — *Photographies faites par Nadar*, de Ferd^d Thénard, de sa femme et de leur fille. Cadres ovales et dorés.

37. — *Photographies de : Eug. de Barral,* † à Paris, le ...-VI 1863 ; de son père et de sa mère, cadres de miniature ; de **Mlle Jenny Thénard**, âgée de six ans, debout, appuyée contre un canapé, cadre en velours rouge.

Papiers et Correspondances des Thénard

38. — ***Acte de baptême et trois lettres de la Grande Thénard***, datées : l'une, de Dre. le, le 4-VI 1813 ; les deux autres, des 10-XII 1822, 28-V 1825. La première et la troisième renferment quelques lignes de Thénard aîné.

39. — ***Trois lettres de l'acteur Louis Durand :*** deux à sa fille, dont une datée de Russie, le 1er-I 1811, et la troisième, à la mère de celle-ci.

40. — ***Six lettres de Thénard aîné*** à sa mère et à sa sœur, dont la dernière écrite par lui, le 10-IX 1825 ; vingt-huit vers non datés, du même à sa mère ; puis, de E. Thénard, neuf lignes pour annoncer ses débuts à sa grand'mère, et dix-sept lignes à sa tante Louise Durand.

41. — ***Trois lettres de E. Thénard*** à sa grand'mère et à sa tante : une est écrite sur un billet de répétition du Théâtre des Nouveautés ; les deux autres sont datées de Bruxelles.

42. — ***Actes et bulletins de : naissance, baptême, mariage, décès*** (celui-ci en allemand), de Thénard aîné ; de naissance de E. Thénard ; de décès de Louise Durand.

43. — ***Notice*** de 4 pages sur Mme Thénard, du Vaudeville, et ***faire-part*** de son décès ; acte de baptême de Mme Ferdd Thénard.

44. — ***Lettre datée de Brest, de Mme Vernin*** à sa mère, et une autre, de Mlle Jenny Vernin, du 24-VIII 1856, à sa grand'mère.

45. — ***Sept pièces de vers,*** non signées, écrites par ses enfants à la Grande Thénard, pour sa fête.

46. — ***Pièce de vers,*** faite à Marseille, intitulée *La Fête agréable*, adressée à la célèbre tragédienne.

47. — ***Neuf couplets***, partie en provençal (deux pour Mme Thénard ; les autres pour Mmes Desplaces, Ponteuil, Desbrosses, Mozon, Grenier), sur l'air : *Dans Marseillo l'y a uno Piété*, « faits dans un souper donné à ces actrices, par MM. les actionnaires du spectacle de Marseille ».

48. — ***Lettre, suivie de trente-deux vers,*** datée de Cherbourg, le 11-VII 1810, signée : « Beaufort, acteur et auteur », adressée à Mme Thénard.

49. — *Huit vers*, « Mme Wautrin à Mme Thénard », air : *A voyager passer sa vie.*

5o. — *Huit vers*, « Minguet à Mme Thénard », air : *Consolez-vous avec les autres.*

51. — *Onze pièces de vers*, à chanter sur des airs connus et adressées à Mme Thénard, en diverses circonstances.

52. — *Recueil de vers et d'épîtres*, adressés à Mme Thénard, artiste, pensionnaire du Théâtre-Français, dans les villes où elle a joué en représentation.

> Ce *Recueil*, dont l'écriture paraît être celle de Thénard jeune, renferme aussi, en 67 lignes, recopiées avec la signature : « L. R. I. Boupemar, homme de Loi », *Les Souvenirs de Voltaire aux Français.*

53. — *Lettre du 24 août 1834*, signée « Desbrosses » et écrite à Mme Louise Durand, pour sa fête.

54. — *Huit vers*, signés « Ernest Hamel, juillet 1853 », adressés à Mme Ferd^d Thénard.

55. — *Admission au Conservatoire*, signée « Chérubini » ; *Extrait du Registre d'inscription*, signé « E. Réty », concernant Ferd^d Thénard ; *congé temporaire, acte de remplacement* et *passeport* de ce dernier.

56. — *Lettre du Secrétaire de la Présidence de la République* (14-2 1849), conférant à Brasseux le titre de *Graveur de la Présidence*, et 4 demi-feuilles de papier au nom de cet artiste.

57. — *Lettre du Président du Sénat* (22-IV 1853), à Ferd^d Thénard, relative à la commande de la marque distinctive de la dignité de Sénateur.

58. — *Lettre du Ministre de la Maison de l'Empereur* (30-IX 1855), prescrivant le versement, au *Garde Meuble*, du cachet exposé par Ferd^d Thénard, et acquis, au prix de 2.000 francs, par la liste civile.

59. — *Lettre du Préfet de la Seine* (9-2 1858), relative à la constitution du *Cercle universel*, dont le projet est signé : J. Murat, Alaux, Léon Cogniet, Seurman, Jean Gigoux, Diaz, etc.

6o. — *Lettres du Ministère de la Guerre* (16-X et 9-XI 1858), concernant l'ordonnancement de 10.000 francs, pour prix de la ciselure du canon *L'Alliance.*

61. — *Lettre du Ministre de la Guerre* (22-IX 1858), autorisant Ferd^d Thénard, à copier les modèles d'uniformes militaires.

62. — *Lettre du Ministre de la Maison de l'Empereur* (30-VIII 1859), relative au mandat de 28.000 francs, pour le prix du *Vase de Crimée.*

63. — *Lettre du cabinet du Maréchal commandant la Garde Impériale* (29-VI 1860), au sujet des armoiries du Maréchal Saint-Jean d'Angely.

64 — *Récépissé de déclaration du Ministère de l'Intérieur* (30-X 1861), et du journal *EMPIRE FRANÇAIS. Echo départemental.*

65. — *Lettre du Secrétaire du Musée de Kensington* (30-I 1863), accusant réception des surmoulés du canon *L'Alliance.*

66. — *Enregistrement* (22-X 1864), par le *Designs Office* sculpture London, de la photographie du médaillon de lord Palmerston, fait par Ferd^d Thénard.

67. — *Brevets pris par Ferd^d Thénard*, en France, en Belgique, en Angleterre (ce dernier sur parchemin, avec gros cachet de cire), pour diverses de ses inventions (25 pièces).

68. — *Diplômes de médailles obtenues aux expositions* de Paris, Dijon, Londres ; cartes d'exposant et d'invitation, etc. (12 pièces).

69. — *Lettre et dessin de J. Béraud,* adressés par lui à Ferd^d Thénard.

70. — *Dessins au crayon faits par Ferd^d Thénard,* à l'*Hôtel des Haricots,* le 18-2 1854, et représentant son gardien, les *indispensables* de sa cellule (3 pièces).

71. — *Lettre du Musée monétaire de Paris* (16-IX 1865) à Ferd^d Thénard, reconnaissant le dépôt, fait par lui, de deux coins pour la médaille à l'effigie de l'empereur Nicolas de Russie.

72. — *Notice historique* sur la famille des comtes de Barral, dont descendait le gendre de M. et Mme Ferd. Thénard.

Souvenirs divers ayant appartenu à :

1° — La Grande Thénard

73. — *Collier* composé de 12 plaquettes et de 20 petites boules d'agate taillée, reliées par des fils de soie et des rubans de velours noir.

74. — *Bracelet* formé de 9 plaquettes ovales et de 18 petites boules d'ambre jaune, reliées par des fils de soie. Rapporté de Dresde.

75. — *Réticule* en perles de couleur, avec emblèmes singuliers. Don fait à la célèbre tragédienne par un de ses admirateurs.

76. — *Très jolie pendule Louis XVI*, en bronze doré. Le cadran, entouré d'un cercle, est soutenu par 4 colonnettes ; le balancier, par un fil de soie. Signée : Le Roy, à Paris. Sur socle de bois noir, de forme ronde, et sous globe.

H. : 0,34.

2° — Mme Thénard aînée, née Julie Lizarde

77. — *Cachet en cuivre ciselé*, style de la *Restauration*. A la partie supérieure, un camée représente un amour vu de profil, à droite, et tenant un cœur dans chaque main. La partie inférieure porte en creux les initiales entrelacées T. J. L.

3° — Mme Thénard, née Louise Durand

78. — *Médaille militaire russe*, en argent, avec ruban et support, envoyée à sa mère par son fils, Alexandre, mort devant Sébastopol. — *Etui à aiguilles en paille d'Italie :* avec des emblèmes et les initiales M. L. D. (Don de l'ex-acteur M...) et *Tête de Méduse,* en albâtre.

H : 0,08.

4° — M. Masson de Puitneuf, mari de la précédente

79. — *Trois pistolets r yés* à un coup : deux, à crosse d'ivoire ; un, à crosse d'ébène. — *Devants de gilet de Cour,* en soie blanche, avec col doublé de soie rouge moirée.

5° — **Ferdinand Thénard**

80. — *Outils de graveur,* ardoise à aiguiser, pinceaux, deux palettes, règles, équerres, boîte à dessin, godets à couleur, physionotrace; balances de bijoutier, avec série de poids *ad hoc:* encrier de son invention, avec petit tiroir à sept compartiments, pèse-lettre.

81. — *Gemme antiche figurate,* par Domenico de Rossi, d'après les dessins de Paolo-Alessandro de Maffei. 4 vol. in 4. Rome, 1707, 1708, 1709. Quelques pages manquent à la dédicace du tome III.

82. — *La Galerie farnesiane,* par Annibal Carrache, 1560 1609. Recueil complet et in-folio de superbes gravures à pleines marges, non rognées. Très rare en cet état.

83. — *Atlas historique et statistique de la Révolution française,* par Arnault Robert. In-fol. illustré, colorié et relié. Paris, 1833.

84. — *Paul et Virginie. — La Chaumière indienne,* par Bernardin de Saint-Pierre, réunis en 1 vol. in-12 illustré ; reliure en maroquin, avec tranches et filets dorés.
    En tête se lit: « Donné par Rachel à Ferdinand Thénard. Signé : F. Thénard. »

85. — *Histoire du 41ᵉ fauteuil de l'Académie,* par Arsène Houssaye. 1 vol. in-8, illustré d'un portrait de Molière, par Geoffroy. 6ᵉ édition. Paris, 1861. Relié, tranches dorées.
    En tête on lit cette dédicace de l'auteur : « A Monsieur Thénard, confraternité. Signé : A. Houssaye. »

86. — *Fac-similé d'une médaille* frappée à la mémoire de Bolduc, Jean ou Sigismond, né à Uri, ou à Venise, peintre, graveur en médailles, un des premiers ayant gravé sur acier (1458). Trouvée dans les fondations des *Halles centrales* de Paris.

Diam. : 0,080.

87. — *Trois médailles en bronze,* l'une frappée à Anvers: « Souvenir des fêtes bi-séculaires célébrées en l'honneur de Rubens. Hart, *fecit* 1840 »: la 2ᵉ, de Michel-Ange, par Durand, en 1819, et la 3ᵉ, de Mgr de Quélen, par Dubois, en 1840.

Diam. : 0,072, 0,020, 0,055.

88. — *Deux jetons* de la première représentation de *Caligula* au Théâtre-Français, le 27-XII 1837 ; les *armoiries* de la Famille d'Orléans; une plaque en bronze gravée et dorée, pour la souscription nationale à l'occasion de la *Fête à l'Industrie universelle, en 1851:* *quatre jetons* frappés lors de l'invention du *Cacheteur Thénard,* et quatre se rapportant à Alph. Karr.

89. — *Les Deux mousquetaires*. Dessin à la plume, signé par l'architecte Brun, François-Antoine, né à Metz; † à Nice (1824-1899). Don de l'auteur à son ami Ferd^d Thénard. ★ Cadre en bois noir à filets dorés.

H. : 0,420 ; L. : 0,325.

90. — *Epingle de cravate*. Camée en sardoine, monté en or. Mme de Montespan, *Françoise-Athénaïse de Rochechouart-Mortemart* (... 1641, † 28-v 1707). Vue en buste, tête nue, un peu à droite, vêtue d'étoffe soyeuse, laissant à nu le cou et le sein gauche. Portrait peut-être unique, en son genre, de cette dame célèbre; fait probablement quand elle était déjà supplantée par Mlle de Fontanges. (Etui.)

91. — *Bague montée en or*. Camée en cornaline. Jules César (an 100 à 44 av. J.-C.); vu en relief, en buste; tête nue et à gauche. Rare.

92. — *Bague*, formée d'un camée *Renaissance*, avec monture en or, de style Louis XVI. — *Bague Louis XIII*, avec plaque ovale ajourée, ornée de perles et de grenats.

93. — *Canapé, deux chaises, un guéridon en ivoire*, très finement découpés. Achetés par Thénard au général M..., à son retour de Chine, et *Chrysocale rectangulaire*, creusée pour médaillon, avec son couvercle. De même provenance que les précédents. Sous globe de verre.

94. — ★ *Curieux album* renfermant *81 portraits photographiés des personnages célèbres* dont les noms suivent; *17 sont avec autographes, dates ou signatures* de divers de ces personnages :

Napoléon Ier, Napoléon III et sa famille. Les mères des quatre Napoléon. Prince et princesse J. Murat.

Le chimiste baron Thénard, Louis-Jacques (4-v 1774, † 20-vi 1857), en costume de professeur, et avec cette dédicace : « Portrait de mon père donné à mon habile homonyme, M. Thénard, l'éminent graveur, par son bien affectionné. Bon Thénard. » Le baron Thénard, Armand-Paul-Edmond (20-x 1819, † 10-viii 1854). « A mon habile homonyme, M. Thénard, l'éminent graveur. Son bien affectionné. Bon Thénard ».

Quatre de lord Palmerston, Henry (1784, † 1865). On lit au verso de la première : « Souvenir de Lord Palmerston à Monsieur Thénard. Ce 5 septembre 1863. »

Deux de M. et Mme Ferd^d Thénard ; deux de M. et Mme Eugène de Barral, leur fille et leur gendre.

Neuf de Déjazet, dont sept en travesti, offerts par la célèbre artiste, en souvenir de Etienne Thénard, au filleul de celui-ci. On lit au verso des sept premières : « Souvenirs de Vichy, Déjazet, juillet 1870 ». Au verso de la huitième : « Les Prés Saint-Gervais »; et à celui de la neuvième : « Gentil-Bernard, Déjazet ».

Six d'artistes de la Comédie-Française : trois de Mme Anaïs Fargueil, dont deux en travesti ; un de Mme Fix ; un de Mme Feyghine et un de M. Got, au bas duquel est écrit : « A F. Thénard. E. Got ».

Trois d'artistes de l'Opéra : Mme Nilsson, Mme Wertheimber, M. et Mme Gueymard.

Un de Mme Varney, du Théâtre des Italiens ; trois, dont deux en travesti, de Mme Daudouard, artiste dramatique; et un en travesti de Mme X..., danseuse.

Un du vicomte de Caston, prestidigitateur, derrière lequel on lit : « Le nombre 39. Vte A. de Caston ».

Un du ténor Aujac, portant au verso : « Souvenir d'amitié à mon ami F. Thénard. Aujac. Paris, 22 janvier 1865 ».

Un, en travesti, de Nief, artiste dramatique, dont le verso porte : « A nos meilleurs amis, Thénard et sa Delphine, nos bien-aimés. L. Nief. »

Un de Barrielle, artiste dramatique, au bas duquel est écrit : « A Monsieur Thénard. Vichy, 26 mai 1867. Barrielle ».

Quarante des artistes peintres dont les noms suivent: Abbema, L.; Bénonville ; Berne-Bellecour ; Breton, J.; Castiglione; Chaplain ; de Cock, César et Xavier ; Daubigny, Edme et Karl ; Daumier; Diaz; Dupray ; Dupré, J. ; Français; Goupil; Harpignies; d'Hastrel; Isabey, E.; Jacquemin, R.; Lambinet; Lansyet; Lazerges; Leloir ; Lévy, E.; Manet; Palizzi; Pélouse; Ribot, Th.; Roybet; Stevens, A.; Thénard, Ferd^d; Van-Hier; Veyrassat; Vibert; Voilon; Worms; Yvon; Ziem et Courbet, G.

Un de Ernest Hamel, homme de lettres.

95. — **Robert-le-Diable**, partition reliée, ayant appartenu à Mme X..., de l'Opéra, avec corrections que Thénard supposait faites par G. Meyerbeer. — **Les Saisons**, partition en épreuves, corrigées par Victor Massé.

96. — **Onze aquarelles en feuilles**, de grandeurs diverses, signées « Pierre Girard ».

97. — **Photographie** du célèbre peintre **Job-Vernert**, sur son lit de mort, à Nice, le 20-XII 1874. Rare. — **Photographie d'un tableau de Defaux**, exposé au *Salon* de 1873, avec signature de l'auteur et dédicace à Ferd^d Thénard.

98 — **Pot à tabac** en wedgwood à fond bleu ; donné à l'artiste par sa mère. — **Sept pipes**, dont quatre en écume de mer, dans des étuis (ont été nettoyées); deux en merisier, avec tuyau de 0,72 ; une chibouque, dont le tuyau de 1 mètre se termine par un ornement oriental et un gros bouquin d'ambre jaune.

H. : 0,10.

99. — **Tabatière en écaille**, donnée par Eugène Suë à Jean Béraud, et par celui-ci à Ferd^d Thénard. Sur le couvercle, une *Vue des environs d'Annecy*, faite, en *fixé*, par le célèbre romancier.

100. — **Deux anneaux porte-clés**, en acier guilloché, marqués : *F^d Thénard, rue Garnieri, à Nice*. — **Deux petites machines électriques** dans des boîtes en acajou. — **Onze photographies** de divers objets d'art.

Numéro 18 du Catalogue

100 *bis*. — **Meuble d'artiste**, en chêne, à 4 tiroirs, dessus fermant à
clé, pour outils, couleurs et pinceaux.

H. : 0,71.; L. : 0,51; P. : 0 37.

6° — Mmes Ferd^d Thénard et E. de Barral

101. — **Parure en filigrane or**, époque de 1830, composée d'une croix
byzantine ornée de deux améthystes taillées; de deux boucles
d'oreilles avec pendants en filigrane et perle, puis de deux paires de
pendeloques : l'une, faite d'améthystes taillées en forme de poires,
serties dans des cônes en or ciselé; l'autre, en filigrane d'or. Etui
en cuir noir, garni de velours et soie.

L. : 0,16.; L. : 0 09.

102. — **Broche de châle** en argent et or, et **Porte-éventail** en argent,
dont l'agrafe représente une tête d'éléphant. Epoque 1850 à 1855.

103. — **Porte-monnaie** avec ornements de nacre et or, style du carnet
de bal ci-dessous, avec plaque d'or, sur laquelle sont gravées
les lettres D. G., initiales de Delphine Ganne.

104. — **Carnet de bal**, formé de cinq feuillets d'ivoire avec couverture
de nacre, ornementée d'or ; anneau guilloché, chaînette et porte-
crayon d'or. Dans son étui en maroquin, doublé de soie et de
velours blanc.

105. — Une paire de **boucles d'oreilles** en filigrane or.

106. — **Bracelet** formé de huit billes de pierres percées et peintes,
retenues par un cordonnet de soie.

7° — M. E. de Barral

107. — **Boîtes** en acajou et **porte-montres**.

4

Œuvres de Ferdinand Thénard

La facilité de travail de Thénard, conception et exécution, était telle qu'il est impossible de fixer, même approximativement à présent, le nombre des pierres, des objets de toutes sortes qu'il a gravés ou ciselés ; ni celui des fournitures de bureau qu'il a fait établir d'après ses dessins, sans qu'il pensât à en conserver trace.

Ses aquarelles, armoiries, charges. caricatures, rarement signées, furent très nombreuses ; enfin, plus de soixante tableaux ont été peints, puis vendus, par lui, à Vichy, Nice, Paris, Londres, New-York, sans parler de ceux qu'il exposa aux *Indépendants* en 1885–1886, lorsqu'il souffrait déjà du mal dont il mourut.

Gravures — Ciselures — Sculptures

108. — *Six plaques gravées* sur cuivre pour cachet, porte d'atelier, cartes de visite et limite-cire : une autre, finement gravée sur acier, reproduisant le monogramme de l'artiste, pour en-tête de papier à lettre. Cachet à initiale T.

109. — *J.-B. Poquelin de Molière* représenté en buste, tête nue et vu à gauche, dans un médaillon en bronze, exécuté par Thénard à l'âge de 17 ans. pour cadeau à sa grand'mère, le 1er janvier 1841. Signé : Brasseux.

Diam. : 0,21.

110. — *Les Armes du Second Empire*, modelées en cire, fixées sur un médaillon d'ardoise. Cadre ovale en bois, entouré de cuivre.

H : 0,30; L. : 0,23.

*111. — *Trois médailles en bronze : Les Pompiers de Saint-Denis.* F. D. C. Deux modèles : l'un. de 63 ⅜ ; l'autre, de 32 ⅜. — *Les Carabiniers de Saint-Quentin.* T. B., de 52 ⅜. — *Inauguration des Eaux de la Lys.* T. B. de 52 ⅜, dessinée par J. Reboux, gravée par Thénard.

112. — *Une virolle et sept coins :* quatre, pour les Pompiers de Saint-Denis ; un, pour la Ville de Tourcoing ; deux, pour les Eaux de la Lys ; tous gravés par Thénard.

113. — **Deux Limite-cire** en bronze : l'un, orné de deux petits personnages ; l'autre, de deux coquilles de style Louis XIV (Brevet du 14-ix 1852.)

114. — **Cachets gravés en creux**, pour reproduire en relief; l'un, une tête d'enfant pleurant; l'autre, le corps d'un singe.

115. — **Cachet Renaissance**, avec manche en bronze massif, finement ciselé et de deux grandeurs différentes : à l'une, est adapté le modèle reproduisant en relief le profil de la tête de *Walter Scott*; à la seconde, celui des insignes de la *Peinture*.

116. — **Cachet des fleurs et proverbes**. Curieuse invention, brevetée en France, en Belgique, en Angleterre, comprenant une poignée découpée, très bien ciselée, dans laquelle se place un tube renversé contenant quinze petites plaques rondes. Les faces portent : l'une, une devise; l'autre, la fleur dont l'emblème correspond à cette devise. Celle-ci, ou son emblème, s'adaptent, alternativement, à la partie inférieure du cachet, au moyen d'un ingénieux système de vis et d'encliquetage.

117. — **Trois petits modèles de groupes** en bronze, pour cachet : *L'Hyménée*, deux personnages en costume *Renaissance*; *Pierrot et Pierrette*, deux bustes accolés dos à dos; *A califourchon*, deux enfants nus.

★118. — **L'Amour au bandeau soulevant le monde**. Petite statuette en bronze argenté et oxydé pour cachet. Signée.

H. : 0,115.

119. — **Même sujet**, formant le manche d'une sonnette de table, ornée de quatre fleurs de lys.

H. : 0,130.

120. — **L'Amour au bandeau marchant sur le monde** et soutenant une coupe en cornaline rouge. Pied en marbre, de forme carrée

H : 0,140.

121. — **Coupe en cornaline herborisée**, supportée par un groupe de trois amours en bronze argenté et oxydé, style de la *Renaissance,* reposant sur un pied de même métal, orné de motifs fleurdelysés.

H. : 0,130.

122. — **Triboulet dansant**. Petite statuette en bronze, surmontant un timbre.

H. : 0,155.

123. — **La prise du cerf**. Modèle en bronze d'une canne exécutée en or pour l'empereur Napoléon III. La partie supérieure est ornée d'un écusson entouré par un cor de chasse ; sur le pourtour se voit un cerf succombant sous l'attaque d'une meute.

124. — *Couvercle de vase*. Modèle en bronze argenté et oxydé du premier projet pour celui du *Vase de Crimée* et *Presse-papier* formé d'une plaque de marbre en losange, sur laquelle des sujets en bronze représentent : Satan guidant un monstre ailé dont les pattes de derrière se terminent par deux têtes de serpent. Sujet tiré du vase *Les sept péchés capitaux*.

★125. — *Médaillon de lord Palmerston*. De forme ronde, en bronze argenté et oxydé, représentant le célèbre homme d'État, tête nue, vu à droite, entouré de cartouches où sont gravés les faits le concernant. (Exécuté à 3 ex.) Cadre rond en bois noir.

Diam. : 0,45.

★126. — *Le Chef de bataillon à la tranchée*, « œuvre capitale, mélange harmonieux de calme et d'ardeur, dont la tête respire la puissance morale ».

H. : 0,38.

★127. — *Le Clairon de zouaves*, dans lequel l'artiste a eu la pensée de représenter le sergent Geslin, du 2ᵉ régiment de cette arme, qui eut le bras droit emporté pendant qu'il sonnait la charge à la bataille de l'Alma. (Deux exemplaires.)

H. : 0,38.

★128. — *Le Highlander au tambour*, « personnification de l'homme de guerre de la Grande-Bretagne ». Ces trois statuettes, en bronze argenté et oxydé, admirablement ciselées, « superbes de vérité », ont été décrites par le général baron Ambert dans le *Moniteur de l'Armée*, du 6-ix 1864. Achetées à la vente de feu l'Intendant général X..., le 1ᵉʳ-xii 1909.

H. : 0,38.

129. — *Ordre et Liberté*. Modèle en bronze d'une statuette personnifiant la *Constitution de 1875*, comme la comprenait l'artiste. « La France, couronnée d'épis, est debout, dans une attitude digne, la main gauche appuyée sur un fusil au repos, et tenant, de la droite, un cartouche sur lequel on lit : « Honneur — Patrie — Courage — Respect à la Propriété — Obéissance aux Lois — Force — Travail. » Dernière création en ciselure, de Thénard.

H. : 0,58.

130. — *Petit sablier*, monté entre quatre colonnettes de bronze, soutenant une poudrière, et fonctionnant l'espace de temps suffisant à la *cuisson d'un œuf*.

H. : 0,085.

131. — *L'Alliance*. Photographies de ce canon et du *Vase de Crimée*, dont la masse est en jaspe sanguin; les statuettes, en argent ; les ornements, en or massif : celle-ci est en double face. Cadres noirs à filets dorés.

H. : 0,43 ; L. : 0,27 et H. : 0,44 ; L. : 0,50.

131 *bis*. — ***Deux*** albums renfermant : l'un, 60 ; l'autre, 4 (dont la tête de Walter Scott), reproductions de pierres gravées et d'armoiries.

132. — ***Chaîne de montre,*** avec breloques curieuses, formées de petits singes gambadant autour d'une guenon grignotant une noix. Attribuée à Ferd^d Thénard.

133. — ***Baigneuse anglaise à Vichy, 1869.*** Modèle en plâtre, pour statuette en bronze.

H. : 0,17.

Dessins — Armoiries — Aquarelles — Caricatures

134. — ***Quarante-huit heures de Haricots,*** n° 7. *Quelle chance ! 18 février 1854.* Dessins au crayon, réunis sur feuilles, et reproduisant : un gardien, des indispensables de cellule, etc.

135. — ***Les Saules.*** Dessin au crayon. Signé. Cadre noir à filets dorés.

H. : 0,405 ; L. : 0,475.

136. — ***Notes des états de services, études ou projets d'armoiries*** pour les maréchaux : Pélissier, Regnault de Saint-Jean d'Angely, Bazaine ; pour les sénateurs, généraux d'Hautpoul et Caumou, comte d'Argout, baron Chapuys-Montlaville, etc.

★137. — ***Dix-neuf caricatures,*** dessins rehaussés d'aquarelles : ***quinze,*** faites sur des modèles pris à Vichy ; ***quatre,*** à Nice et à Monaco. (***Quatre*** sont dans des cadres vernis.)

H. : 0,41 ; L. : 0,33.

Vichy, espérance.
Un monsieur bilieux et deux dames.
Vichy, régénérateur.
Le bilieux guéri et deux dames.
Vichy, Banting system (pour maigrir).
Un Adonis et l'homme obèse
Vichy, au Casino.
L'Adonis et une dame.

★138. — ***Une,*** sous verre, à placer dans un cadre pareil à ceux ci-dessus.

On the promenade.
Un baigneur et deux dames.

139. — ***Trois,*** dans des ★ cadres noirs à filets dorés.

H. : 0,33 ; L. : 0,27.

Les Sources de Vichy.
Le docteur en visite.
Aux Célestins.
La dame et un goutteux.
Adieu Vichy.
Départ du baigneur.

140. — **Sept,** dans des * cadres noirs à filets dorés.

H. : 0,29 ; L. : 0,27.

Avant le départ.
Madame Cardinal et sa fille.
Au Casino.
Mylord et la danseuse
A la Restauration.
Un baigneur et deux anglaises.
Aux Célestins.
Le diabétique et une dame.
Vichy, dans la « Grande-Allée ».
Mylord, une dame et une demoiselle.
Six heures du matin.
Lever de la baigneuse.

141. — **Ébauche** encadrée.

142. — **Quatre,** dans des * cadres noirs à filets dorés.
Deux de H. : 0,30 ; L. : 0,23 et deux de H. : 0,29 ; L. : 0,22.

M. Combinaison.
Il persuade sa dame.
Monacomanie.
Départ imprévu.
En promenade.
Regardant la *Toquade.*

143. — *Projet de résolution.*
Ebauche sans légende.

144 — **Quatre aquarelles** en feuilles, de grandeurs variées.

Peintures à l'huile

145. — **Coin de ferme,** 1ᵉʳ tableau, peint sur toile, par THÉNARD, âgé
de 12 ans. Cadre en baguette dorée.

H. : 0,37 ; L. : 0,43.

146. — **Oiseau chassant une mouche.** P. s. t. Cadre en chêne, à
filets dorés.

H. : 0, 32 ; L. : 0,42.

147. — **Environs de Fourchambault. — La Moisson.** Deux pendants.
P. s. t. Cadres en bois noir à filets dorés.

H. : 0,42 : L. : 0,73.

148. — **Oiseaux s'ébattant par dessus des cascades.** Deux panneaux
sur toile, faisant pendants, pour *Paravents artistiques.* Cadres
en bois noir, avec ornements dorés.

H. : 0,77 ; L. : 0,51.

149. — *Espérance, Départ pour la ville*, et *Déception, Retour au village.* Deux pendants. (Copies.) Cadres dorés.

H. : 0,69 ; L. : 0,61.

150. — *Grappes de raisins.* — *Coupe d'ivoire.* P. s. b. Cadres noirs, à filets dorés.

H : 0,27 ; L. : 0,21. — H. : 0,40 ; L. : 0,35.

151. — *En canot.* P. s. b. Cadre doré.

H. : 0,36 ; L. : 0,41.

152. — *Arbres au bord de l'eau.* — *Pont aux environs de Nice.* P. s. b. Cadres dorés.

H. : 0,43 ; L. : 0,35 — H : 0,45 ; L. : 0,57.

153. — *Vieil arbre* et *Etude d'arbres.* P. s. b. (Deux pendants). Cadres en bois sculptés et dorés.

H. : 0,30 ; L. : 0,27.

154. — *Rue à San-Remo.* P. s. b. Cadre doré.

H. : 0,27 ; L. : 0,21.

155. — *Aux chasses de Compiègne, 1852.* P. s. b. Cadre doré.

H. : 0,255 ; L. : 0,20.

Œuvres littéraires

156. — *Le Cercle universel.* Broch. in-8 de v-31 p. Paris, Imprimerie Guiraudet et Jouaust. 1858. (Il en reste 4 ex. ; 3 seront vendus.) — *Neuf pièces de Théâtre*, dont huit sont encore en manuscrit, et une, *Nos Projets !* comédie en un acte, en vers ; a été imprimée et représentée, pour la première fois, le 11 mars 1876, par des artistes de la Comédie-Française. (Ne seront pas vendues.)

Numéro 26 du Catalogue

Numéro 25 du Catalogue

Numero 29 du Catalogue

Numero 191 du Catalogue

DEUXIÈME PARTIE

Objets réunis

en dehors de la collection des Thénard

Tableaux

BÉLIARD...?

157. — *Cheval à l'abreuvoir*. (Etude). Cadre de 1815.

H. : 0,20; L. : 0,27.

BERNIER, C.
(1823-1902)

158. — *Paysage*. Cadre doré.

H. : 0,33 ; L. : 0,39.

DEFAUX, A.
(1826-1900)

159. — *Devant de ferme*. (Première manière). Cadre doré.

H. : 0,45 ; L. : 0,36.

DIAZ, N.
(1809-1876)

160. — *Bouquet de fleurs*. Cadre en bois noir.

H. : 0,26 ; L. : 0,23.

FRANÇAIS, F.-L.
(1814-1897)

161. — *Paysage*. (Manière noire.) Cadre doré.

H. : 0,42 ; L. : 0,64.

GÉRICAULT, J. L.-A.-T.
(1791-1824)

162. — *Cheval de bataille*, bai-brun foncé, vu de profil, à gauche, du baron de Caux, ex-ministre de la guerre. Cadre doré.

H : 0,48 ; L. : 0,56.

LAUVERGNE, B.
(1805-1875)

163. — *Marines*. (Deux pendants.) Cadres de 1830.

H. : 0,51 ; L. : 0,69.

LAZERGES, J.-R.-H.
(1817-1887)

164. — *Les Saisons*. Cadre de 1830.

H. : 0,58 ; L. : 0,44.

MIGNARD, Pierre, dit le Romain
(né à Troyes, le ... 1610; † à Paris, le 30-v 1695)

165. — *Copie de la Sainte Famille,* de Raphaël, faite par l'artiste, au cours des 22 ans qu'il passa en Italie, dès 1636. — Citée dans le testament de Chateaubriand, reproduit par *Le Gaulois* du 27-1 1905 (Procès de Mlle de V...), comme léguée, par lui, à son ami Bertaroux-Tertamy. — Cadre doré, de style Louis XVI.

H. : 0,58 ; L. : 0,48.

ROUSSEAU, Théodore
(1812-1867)

166. — *Forêt de Fontainebleau.* (Etude attribuée à.) — Cadre doré.

H. : 0,58 ; L. : 0,66.

STEUBEN, Alexandre de
(1814-1862)

167. — *Portrait présumé de Mme de Valori.* — Cadre ovale doré, époque du *Second Empire.*

VELE, C.

168. — *Bouquets de fleurs.* (Deux pendants.) — Cadres en bois noir.

H. : 0,24 ; L. : 0,20.

Dessins - Gouaches - Aquarelles

CHABRILLAC, Charles-Raymond
(1804-18..)

169. — *Enfant endormi*. Dessin à la sanguine. Cadre doré.

H. : o 40 ; L. : o 32.

CICERI, Pierre-Luc-Charles
(1782-1868)

170. — *Clair de lune*, de teinte bleuâtre. (Vente V. Bart, Versailles, 29-VI 1898.) Cadre de miniature.

H. et L. : 0,14.

171. — *Paysage montagneux*. Jolie gouache. (Vente G. L., H. D., 6-XII 1905.) Cadre doré.

H. : 0,12 ; L. : 0,12.

CICERI, Eugène
(1813-1890)

172. — *Vue prise aux Pyrénées*. Cadre de miniature.

H. : 0,12 ; L : 0,14.

COLOMB, J.-F.-E., dr en médecine
à Thorigny, Yonne ; élève de Gudin et de E. Isabey ;
(26-x 1810 ; † le 30-IX 1892).

173. — *Deux dessins au crayon*, de forme ovale et sous verre. (Vente sous-indiquée.)

H. : 0,31 ; L. : 0,25.

DELAROCHE, Paul
(1797-1856)

174. — *Cheval et Cosaque*. (Attribué à). Cadre en chêne.

H. : 0,29 ; L : 0,36.

DEVILLE, P.

175. — *Retour de la pêche*. Joli pastel. Cadre doré.

H. : 0.25 ; L. : o 20.

DIAZ, N.

176. — *Jeune fille assise devant des ruines* (Attribué à). Cadre en érable.

H. : 0,40 ; L. : 0,32.

GUDIN, Théodore
(1802-1880)

177. — *Marine*. Signée et sous verre. (Vente Colomb, H. D., les 3 et 4-IV 1903.)

H. : 0,21 ; L. : 0,29.

Inconnus

178. — *Paysage hollandais.* Très jolie gouache ancienne. Cadre en bois sculpté.

H.: 0,17 ; L.: 0,21.

178 *bis.* — *Petit dessin,* au crayon, pour illustration. Cadre acajou.

H.: 0,17 ; L.: 0,14.

ISABEY, Eug.-Louis-Gabriel
(1804-1886)

179. — *Coucher de soleil.* (Attribué à) Sous verre. (Vente Colomb, sus-indiquée.)

H. : 0,16 ; L. : 0,22.

JACQUE, Charles
(1813-1894)

180. — *Moutons devant la ferme.* Cadre Louis XV, en bois doré.

H. : 0,62 ; L. : 0,52.

LETORS, H.

181. — *Paysage au crayon.* Cadre en chêne.

H : 0,21 ; L : 0,25.

PERCIER et FONTAINE
(dessinateur et architecte de la Cour)

182. — *Perspective de la Tribune du Roi,* au Palais des Tuileries, Règne de Louis XVIII. Cadre en baguette dorée.

H.: 0,45 ; L.: 0,50.

PICOU, E.
(1824-1895)

183. — *Tentation.* Très jolie gouache. Cadre en chêne.

H.: 0,40 ; L. : 0,33.

PICCIONI, Felice

184. — *Portrait de dame, 1830.* (Sous verre.)

H. : 0,21 ; L.: 0,18

PILLE, Charles-*Henri*
(né à Essommes, le 4-1 1844 ; † à Paris, le 3-III 1897)

185. — *Retour du marché* et *Réglons les comptes.* Très beaux et curieux dessins gouachés. Cadres en bois doré.

H.: 0,39 ; L.: 0,32.

WEIROTTER, François-Edmond
(1730-1771)

186. — *Cabanes tyroliennes.* Cadre doré Louis XVI. (Vente du marquis de Chenevières.)

H. : 0,32 ; L. : 0,37.

Miniatures

BEYER, père.

187. — *Dame normande*. — Vue en buste, de 3/4, à droite ; coiffée d'un bonnet de dentelle ; vêtue de robe noire décolletée, à garniture retenue par une broche de pierres précieuses. Très belle miniature ovale, sur ivoire, signée et datée. Cadre en poudre d'écaille.

H. : 0,145; L. : 0,130.

Inconnus

188. — *Hébé versant le philtre à Jupiter*. — Grisaille sur ivoire, fixée sur le couvercle d'une boîte ronde, en écaille, dont le double fond dissimule une scène grivoise peinte, peut-être, par Klingstet, Claude-Gustave, dit le *Raphaël des Tabatières*, né à Riga, 1657-1734.

Diam. : 0,08.

189. — *De Gardagne* (Portrait présumé de la duchesse). — Vue de face, en buste ; nu-tête ; vêtue d'un corsage blanc, avec ceinture bleue ; porte au cou un collier de corail à deux rangs. Grande miniature ovale, sur ivoire, datée de 1826. Cadre en cuivre verni.

H. : 0,20; L. : 0,17.

190. — *Rossini*, Giacomo-Antonio, né à Pessaro (Italie), le 29-2 1792 ; † à Paris, le 13-xi 1868. — Vu en buste, de 3/4, à droite ; nu-tête ; cheveux et favoris noirs ; vêtu d'une chemise à plis ; cravate et gilet blancs ; habit bleu à col élevé. Belle miniature ovale, sur ivoire, faite, sans doute, en 1823, lors de la venue à Paris du célèbre *maestro*. Cadre en bois noir. Etui : R.

H. : 0,105 ; L. : 0,095.

191. — *Rossini* (Madame), *Isabella*-Angela Colbran, née à Madrid, le 2-2 1785 ; se maria à Castelnaso (Italie), le 15-iii 1822 ; † à Bologne, le 27-x 1845. — La grande cantatrice est vue en buste ; de 3/4, à droite ; vêtue d'un corsage blanc décolleté ; ayant : sa chevelure noire retenue par un peigne orné de pierres fines ; au cou, un collier de perles ; et, sur l'épaule gauche, une écharpe rouge, retenue à la ceinture par une cordelière de même couleur. Belle miniature ovale, sur ivoire, de la même époque que celle de son mari, dont elle est le pendant. Etui : C. R.

192. — *La Vierge, l'Enfant et Saint Jean*. Petite miniature, sur ivoire, travail italien du xviie siècle. Cadre en bois doré.

H. : 0,065 ; L : 0,070.

MILLET, Frédéric
(né à Charlieu, Loire, élève d'Aubry et d'Isabey, 1786-1859)

193. — **Le Prince**, A...-*Xavier*, né à Paris, le 28-VIII 1799 ; † à Nice, le 26-XII 1826. — Vu en buste, de 3/4, à droite. Grande miniature ovale, sur vélin, mentionnée au *Catalogue du Salon* de 1824, sous le n° 1221 ; a été lithographiée par Léopold, frère de Xavier. Signée et datée. Cadre ovale, de style Louis XVI, en bronze doré, avec bouquet.

Grand diam.: 0,18 ; Petit diam. : 0,14.

PRUD'HON, Pierre
(1758-1823)

194. — **La Comédie et la Musique**. Grisailles octogonales, sur ivoire, dans des cadres de mêmes formes. (Ecole de).

H. : 0,050 ; L. : 0,035.

VERNET, Horace
(30-VI 1789 ; † le 17-I 1863)

195. — **Napoléon III**. 1808-1873. — Vu en buste, presque de face ; tête nue ; en costume de général, portant plusieurs décorations. Miniature ronde, sur ivoire, signée H. V. Cadre en bronze doré, avec inscription gravée. Etui aux armes de l'Empire.

Diam. : 0,06.

VERNET. Horace

196. — **Combes**, *Michel*, né à Feurs (Loire), le 20-X 1787 ; colonel du 47e de ligne ; tué à l'assaut de Constantine, le 13-X 1837. (Attribuée à) — Vu en buste, un peu à gauche ; nu-tête ; en tenue, et décoré. Miniature ovale, sur vélin. (Vente Victor Bart, 29-VI 1898.) Cadre en poudre d'écaille.

H.: 0,14 ; L. : 0,12.

VIDAL, F.

197. — **Mlle Mars**, *Anne*-Françoise-Hippolyte Salvetat, Boutet-Monvel, née à Paris, le 9-II 1779 ; Sociétaire de la Comédie-Française, le 30-V 1799 ; † le 20-III 1847. — La célèbre comédienne est vue en buste, de 3 4, à gauche ; coiffée à la mode de l'époque ; vêtue d'une robe bleue, mi-décolletée, et à manches bouffantes, sur laquelle se voient une chaîne-sautoir et une boucle de ceinture d'or. Elle porte au cou, aux oreilles, la parure de perles, don de son Impérial Amant, qu'on retrouve sur dix-sept de ses portraits, réunis au *Département des Estampes*. Jolie miniature ovale, sur ivoire. Signée et datée. Cadre en bois noir sculpté. Etui : Mlle M.

H. : 0,14 ; L. : 0 07.

198. — **La Vallière**, *Louise*-Françoise de la Beaume-Leblanc (duchesse de). 1644-1710. — Vue en buste, à droite, nu-tête ; en toilette décolletée, avec collier de perles au cou. Ronde, sur ivoire. Miniature et cadre *modernes*.

H. et L. : 0,12.

Numéro 126 du Catalogue

Estampes

encadrées ou non et en volume

ALIX, d'après LAFITTE

199. — *La France se jette dans les bras de l'Espérance.* Cadre doré.
H. : 0,53 ; L. : 0,63.

BONNET, Louis, d'après LAGRENÉE

200. — *L'Insomnie amoureuse.* — *Mars et Vénus.* Superbes gravures en sanguine, faisant pendant. Rares en cet état. Cadres dorés Louis XVI.
H. : 0,58 ; L. : 0,47.

CALLOT, Jacques
(1592-1635)

201. — *Ecce homo.* Belle épreuve. Cadre en baguette dorée.
H. : 0,51 ; L. : 0,40.

COPIN, d'après SAUVAGE

202. — *Le cauchemar de l'Aristocratie.* — *Patronne des Français.* Belles et rares épreuves. Cadres Louis XVI.
H. : 0,17 ; L. : 0,19.

JAIME, d'après GÉRARD

203. — *Duc de Berry,* Charles-Ferdinand de Bourbon, né le 24-1 1778 ; † le 14-2 1820 ; en costume de chasse. Belle lithog. sur chine. Rare. Cadre doré Louis XVI.
H. : 0,96 ; L. : 0,75.

JAZET, d'après GOSSE

204. — *Tu revis en lui.* Epreuve avant la lettre. Cadre doré de l'époque.
H : 0,60 ; L. : 0,52.

205. — *Tombeau du duc de Berry.* Epreuve avant la lettre. Cadre doré de l'époque.
H. : 0,58 ; L. : 0,49.

LAUGIER, d'après GÉRARD

206. — *S. A. R. Marie-Amélie, duchesse d'Orléans.* Portrait gravé en 1820. Cadre doré de l'époque.
H. : 0,60 ; L. : 0,47.

MONNIN, d'après ALLOUARD

207. — *Molière.* Portrait colorié. Cadre noir à filets dorés.
H. : 0,31 ; L. : 0,24.

MULLER, H.-C., d'après GÉRARD et PERCIER

208. — *Henri IV.* Superbe portrait gravé. Cadre en baguette dorée.
H. : 0,51 ; L. : 0 43.

ROBINSON, d'après PARTRIDGE

209. — *S. M. la Reine Victoria (1819-1901).* Réduction en *exemplaire in-12, peut-être unique*, vraisemblablement *colorié par Robinson lui-même*, du portrait du *Sacre*. — Don de S. M. à M. X..., lors de Son voyage à la Famille Royale de France, à Eu, du 2 au 7-ix 1843. N'existait pas au *British Museum*, à la *Bibliothèque du Guildhall*, ni dans 5 collections visitées en Angleterre, en 1902. Cadre en bronze doré; inscription gravée. Etui.

H. : 0,20 ; L : 0,14.

ROWLANDSON, Thomas
(1756-1827)

210. — *Portrait hiéroglyphique et colorié du Destructeur.* Copié sur une gravure allemande représentant : la figure de l'Empereur formée par des cadavres ; sa tête coiffée d'un chapeau en forme d'aigle ; son corps vêtu d'un habit singulier et orné d'une curieuse légende. Caricature publiée à Londres, par Akermann, en xii 1813, avec l'inscription : *Napoléon the First and last... To Make peace with !!!.* et reproduite par Mouton-Fontenille de Laclotte, dans sa broch. : *La France en délire pendant les deux usurpations de Buonaparte.* In-8. Lyon, 1815. — Très rare en cet état. Cadre doré Louis XVI.

H. : 0,18 ; L : 0,15.

X., d'après MAURIN

211. — *La Famille Royale sous Louis-Philippe.* Portraits en *fixés*. Rare. Cadre doré de l'époque.

H. : 0,65 ; L. : 0,45.

---

212. — *S. M. la Reine Victoria.* Portrait tissé sur soie, avec entourage de roses, de chardons et de trèfle. A figuré à l'E. U. de Londres, en 1861. Cadre en bronze doré.

H. : 0,17 ; L. : 0,10.

213. — *Description des fêtes données par la Ville de Paris* à l'occasion du mariage de Mme Louise-Elisabeth de France, et de don Philippe, infant, grand amiral d'Espagne, les 29, 30-viii 1739. Paris, 1740. Grand in-fol., beau fleuron sur le titre, dess. par Bouchardon ; 13 planches, dont 8 double in-fol., dessinées par Blondel, Gabriel, Salley et Servandoni ; gravées par Blondel ; une vign. gravée par Rigaud. Plein veau marbré, dos orné de lys, dentelles dorées, angles fleurdelysés et armoiries de la ville de Paris sur les plats, tr. dor. *Important livre de fêtes parisiennes. Les plus belles planches représentent le feu d'artifice donné sur la Seine ; les vues des décorations et illuminations des salons de l'Hôtel de Ville. Exemplaire très frais et dans sa reliure originale.*

COURTY et HÉDOUIN, d'après GREUZE

214. — *Malice. Le Matin. L'Effroi. Flore. Le Petit Paysan. Rêverie. L'Enfant à la Pomme. La Petite Fille au Chien.* 8 grav. in-8.

HECKEL, Ch.

215. — *Portrait de Rossini.* Lith. in-fol., sur chine, datée de 1826. Rare.

LALAUZE

216. — *Notice et portrait de Henri Pille.* (Album Mariani.)

LANGLOIS, d'après MOREAU LE JEUNE

217. — *Serment du Jeu de Paume.* In-18.

LAURENT, Pierre

218. — Portraits de : *L.-M.-R. Joubert* et de *Herbin ; Monument de J.-F. Ogier, à Saint-Sulpice.* Trois portraits gravés in-fol., provenant de la Collection Soulavie. Monogramme.

LECERF, d'après CHASSELAT
et LEFÈBVRE, A., d'après WINTERHALTER

219. — *Henri IV et ses enfants.* In-4°. — *S. A R. Mme la Duchesse Hélène d'Orléans et ses Fils.* Grand in-fol. Rare.

LE PRINCE, Robert-*Léopold*
(14-XII 1800 ; † le 6-2 1847)

220. — *Portrait de son frère Xavier.* Lith. in-4, d'après la miniature de F. Millet, exposée au *Salon* de 1824.

MASSON

221. — *Portrait de Rossini.* In-4 gravé et publié dans *L'Artiste.*

ROBINSON, d'après PARTRIDGE

222. — *S. M. la Reine Victoria.* Très beau portrait du *Sacre.* In-fol. Rare.

X., d'après une peinture de C. HULLMANDEL

223. — *Mme Colbran-Rossini,* Isabella-Angela. Lith. in-fol., sur chine, publiée à Londres, en 1824. Rare.

Souvenirs des Communes de Paris de 1790-1871 ; du Siège de 1870-71, et Objets concernant la Franche-Comté

BERTHAULT, d'après PRIEUR

224. — *Séance de la Commune du 15-1 1790.* La Commune de Paris décerne une Épée d'honneur et une Couronne civique à C.-J.-W. Nesham, sujet anglais, élève de français, à Vernon. Cadre en chêne.

H. : 0,42 ; L. : 0,34.

ALFRED LE PETIT

225. — *L'Auguste Guillaume et son Auguste Augusta.* Lith. in-fol. et coloriée. Supplément au n° 8 de *La Charge.*

Inconnus

226. — *Très curieux Menu,* du *Grand-Dîner-Parisien,* indiquant : les plats des repas offerts aux clients de cet établissement ; les prix des denrées ; les décès hebdomadaires, durant le Siège, etc. Gravé et sous verre. Rare.

H. : 0,58 ; L. : 0,44.

227. — *Pain fourni aux Parisiens* durant le siège. Morceau conservé sous globe.

228. — *Episodes du Siège de 1870-71.* Reproduits sur douze assiettes en faïence de Creil, décorées d'après les dessins de Draener. Peu communes.

229. — *Ne jetez rien aux animaux exposés.* Les Prussiens devant la grille des Tuileries, Place de la Concorde ; et

230. — *Rentrée triomphale des Prussiens à Berlin.* Lith. coloriées de Lemercier. (Faisant pendants.) Rares. Cadres en chêne.

H. : 0,53 : L. : 0,65.

BARON, J.-M.

231. — *Mgr Darboy en cellule à la Roquette.* Belle eau-forte. Très rare. Cadre en chêne.

H. : 0,58 ; L. : 0,46.

BECQUET, J.
(1831-1907)

232. — *Mgr Darboy tombe en bénissant ses assassins.* Lith. coloriée. sur chine. Cadre doré Louis XVI.

H. : 0,70 ; L. : 0,57.

CATTELAIN, P.

233. — *L'Abbé Deguerry dans sa cellule.* Curieuse eau-forte, avec la dédicace « A Monsieur le docteur de Beauvais, Mazas, 71. » Belle épreuve in-fol., sur chine. Rare.

PILOTELL

234. — *Tête d'un condamné à mort,* par un autre condamné à mort,
offerte à un troisième condamné à mort. Portrait gravé de Gustave
Maroteau, taché de son sang, avec dédicace de l'auteur, et datée
de : « Versailles, Hôpital militaire, 9 octobre 71. » Epreuve
peut-être unique. Cadre noir à filets dorés.

H. : 0,38; L. : 0,27.

235. — *Charte du 16 juin 1619,* avec le grand sceau en cire rouge,
bien conservé, de Albert et Isabel-Clara-Eugena, Infante d'Espagne,
Archiduchesse d'Autriche.

236. — *Charte constitutive de rente annuelle,* par devant Claude
Timier de Saint-Laurent de la Roche, notaire général au Comté
de Bourgogne, en 1676.

237. — *Charte portant Commission de Garde-Marteau* en la Maîtrise
particulière des Eaux et Forêts de Besançon, délivrée à Jean-
Claude Coulon, le 26 octobre 1698, cinquante-sixième année du
règne de Louis XIV, et signée : « Par le Roy, Chappuzeau. »

238. — *Trois volumes,* par Jean Chifflet : 1° *Deadalmatum libri duo
priores.* M.DC.XI. — 2° *Singulares tam ex curationibus, quam
cadauerum sectionibus obseruationes.* M.DC.XII.

239. — 3° *Vesontio ciuitas imperialis libera, sequanorum metropolis.*
In-8. Lugduni. M.DC.XVIII. (Imprimerie Claude Cayne). — Les
deux premiers, in-12 Parisiis et brochés, sont réunis dans un
cartonnage imitant la reliure ancienne; le troisième, renferme de
nombreuses illustrations, notamment : celle de l'Arc de Triomphe
de Aurélien; un plan de Besançon, par l'auteur, etc. Reliure
restaurée, quelques taches.

240. — *Cinq médailles en bronze,* de 55 millim. de diamètre, par
J.-B. Maire, représentant, de face, les bustes des personnages
suivants ; au R., une *Notice* sur chacun d'eux. (Celle de Cuvier
montre ce savant, écrivant les *Révolutions du Globe.)*

Cardinal de Grandvelle, ex-ministre de Charles-Quint. 1517-1586.
Cardinal de Rohan-Chabot, archevêque de Besançon. 1788-1833.
Gilbert Cousin (Le Chanoine), ami d'Erasme. 1506-1572.
Cuvier, Georges, célèbre naturaliste 1769-1832.
Courvoisier, J.-J.-A., ex-ministre de la Justice. 1775-1835.

241. — *Louis XIV,* buste à droite. R. : *Ludovico XIV observatam
uictis sequanis prouinciam,* et trois personnages symboliques.
Jeton cuiv. (s. d.) Diam. 0,28. — *Deux monnaies bisontines,* de
1593, à l'effigie de Charles-Quint. — *Deux jetons franc-comtois,*
datés de 1667.

Bronzes – Fers forgés
Fonte – Biscuits

FERRAND, A.-J.

242. — *Jeune Dame*. Buste en bronze doré, monté sur socle de marbre, taillé pour encoignure.

H. : 0,20.

KELLER (Proviendrait de la Fonderie des)

243. — *Compotier à fruits*, en bronze de cloche, fondu à cire perdue, représentant un chou, porté par une tortue en marche, avec couvercle surmonté d'un escargot aussi en marche : le tout, d'une belle patine verte, à cinq tons, bien tranchés. — La date de **1656**, incrustée à l'intérieur du couvercle, sous la tête de l'escargot, laisse supposer que cette pièce, aussi curieuse qu'originale, a pu être destinée à un château historique.

H : 0,45 ; Diam. : 0,35 ; Poids environ : 40 kilogr.

« OSMOND, fournisseur du Roi, à Paris »

244. — *Grelot des anciens Courriers de poste du Roi*, portant l'inscription ci-dessus, et ornementé de *Roses de France* épanouies.

Circonfér. : 0,39.

245. — *Clé en fer forgé*, de l'ex-couvent des *Petites-Sœurs des Pauvres*, à Paris.

L. : 0,27.

246. — *Niche, statuette et médaille en bronze*, celle-ci à double face, trouvées dans la démolition de l'*Abbaye de Sainte-Reine*, à Flavigny (Côte-d'Or).

H. : 0,19 ; L. : 0,08.

247. — *Orfraie en bronze*; semble avoir été fondue à cire perdue.

H. : 0,12.

248. — *Crémaillère en fer forgé*; commencement du XVIIe siècle.

H. développée, environ : 1 m. 65.

249. — *Plaque de cheminée en fonte*, ornée de dessins représentant Louis XVI signant la Constitution du 14-IX 1791. Rare.

H. : 0,67 ; L. : 0,64 ; Epaiss. : 0,015.

250. — *Buires en bronze anglais*, dorées, et de style *Renaissance*, se faisant pendant. (Achetées à Londres.)

H. : 0,38.

251. — *Deux appliques Louis XV*, à cinq lumières, en bronze ciselé, et doré au mercure.

H. : 0,38.

252 — *Petit bougeoir Louis XV*, en bronze ciselé et doré. — *Deux petits chandeliers Louis XV*, en bronze ciselé et doré.

H.: 0,10.

253. — *Deux paires de mouchettes avec plateaux :* l'une, Louis XV, en cuivre; l'autre, Louis XVI, en plaqué anglais.

La première, L : 0,24; L. : 0 12. — La deuxième, L. : 0,23; L. : 0,10

254. — *Deux appliques Louis XVI*, à trois lumières, en bronze ciselé et doré.

H. : 0,44.

255. — *Brûle parfums Louis XVI*, en bronze ciselé.

H. : 0,38

256. — *Deux chandeliers, un bougeoir, deux porte-montre,* en bronze ciselé et doré ; le tout, *Premier Empire*.

H. des chandeliers : 0,23.

257. — *Porte-montre*, époque 1815, en bronze ciselé et monté sur pied.

H. : 0,23.

258. — *Ancien brûle-parfums japonais,* rond, à deux anses; pied ajouré et ciselé, avec présentoir en cloisonné.

H.: 0,14.

259. — *Urne* et *chandeliers* en bronze japonais.

H. : 0,08 et 0,10.

260. — *Griffon portant une lettre,* en bronze ciselé et monté sur marbre.

261. — *Oiseau mort,* en bronze ciselé, fixé sur marbre.

262. — *Cadre de miniature,* en bronze, orné de roses, époque de la *Restauration*.

H. . 0,18; L. : 0,13.

263. — *Deux surmoulés :* la *Vierge et l'Enfant :* le *Christ en croix,* fixés sur des croix en bois, de forme byzantine.

H. : 0,16; L : 0,14.

BARRE, J.-J.
(3-viii 1793; † 10-vi 1855)

264. — *La Famille Royale visite la Monnaie.* 8-xi 1833. Moulage en plâtre, et sous verre, des deux faces de la belle médaille rappelant cette cérémonie. Cadres en cuivre avec bélières.

H. et L. : 0,11.

265. — *Louis XVIII,* 17-xi 1755; † 16-ix 1824. Médaillon rond, en biscuit, représentant le roi en buste, nu-tête. et à gauche, sur fond *bleu Thénard.* Au revers, on lit « X., 1820, S. » Cadre en bois noir, avec cercle doré.

H. : 0,22 ; L. : 0,21.

266. — ***Sully et Crillon***. 1559-1641 — 1543-1615. Bustes en biscuit, montés sur piédouches en bronze et socles de marbre, les représentant de face, vêtus en costume de l'époque.

H. : 0,17

267. — ***Napoléon Ier, 5-2 1768 † 5-v 1821***. Buste lauré et à gauche, en biscuit, sur fond bleu. « Sèvres 1809. » Cadre moderne, en bronze doré, avec couronne.

Diam. : 0,20.

268. — ***Talma, F.-J.***, 1763-1826. Buste lauré et à droite, en biscuit, sur fond bleuâtre. Cercle moderne, en bronze doré, avec bouquet Louis XVI.

Diam. : 0,16.

Ivoires — Boîtes

269. — ***Rubens***, Pierre-Paul. 1577-1640. Buste en ivoire sculpté, montrant l'illustre peintre vu de 3/4, à droite ; coiffé de son feutre légendaire. Rare. Cadre de miniature en bois noir.

H. : 0,105 ; L. : 0,095.

270. — ***Bonbonnière ronde***, doublée d'écaille, avec couvercle surmonté d'une scène de chasse, de style Louis XIV, en émail de Strasbourg. (Vente Colomb, H. D., 3-iv 1903.)

Diam. : 0,09.

271. — ***Bonbonnière Louis XV***, avec couvercle sculpté et ajouré.

Diam. : 0,07.

272. — ***Petit bouquet de feuilles et de fruits***, finement sculptés, posé sur une colonne ronde. — ***Petite chaufferette ancienne***, avec poignée. Couvercle orné de mosaïque losangée.

273. — ***Coupe-papier***, dont la poignée, finement sculptée, reproduit une tige de vigne chargée de grappes et de feuilles. Étui en maroquin, doublé de soie et de velours.

L. : 0,28 ; L. : 0,03.

274. — ***Boîte ronde japonaise***, sur laquelle sont sculptés des personnages, des arbres et des oiseaux. — ***Poignées de sabres***, ornées de sujets divers et montées sur corne.

H. : 0,11 et 0,12.

275. — ***Boîte en écaille***, doublée de soie. Couvercle avec plaque d'argent, sur laquelle sont ciselés des dessins *Renaissance*.

H. : 0,045 ; L. : 0,115 ; L. : 0,070.

276. — ***Les Curieuses satisfaites***. Boîte ronde, dont le couvercle reproduit une scène grivoise du *Directoire*, par X...

Diam. : 0,085.

Numéro 243 du Catalogue

277. — « *Paris, 15 Décembre 1840. Napoléon.* » Boîte à musique en bois noir, jouant les airs composés pour le Retour des Cendres. L'arrivée du char funèbre, près des *Chevaux de Marly*, est sculptée sur le couvercle, sous l'inscription. Clé avec poignée en bronze doré.

H. : o,o35 ; L. : o,o95 ; L. : o,o6o.

278. — « *Assassinat juridique 6-XII 1815. - Exoelmans 16-XII 1834.* » Documents historiques, relatés sur les deux faces d'une boîte ronde, en vernis Martin.

Diam. : o,o85.

279. — *Deux Porte-montre de la Restauration,* en bois de rose : l'un octogonal ; l'autre rectangulaire, avec ornements en métal doré sur les couvercles.

280. — *Boîte brésilienne,* en bois. Ferme à clé et à triple secret. Couvercle orné de scènes à trois personnages, enguirlandée d'ornements divers.

H. : o,11 ; L. : o,23 ; L. : o,14.

281. —· *Boîte en pétrification,* monture d'acier guilloché, doublée de soie bleue capitonnée. Le couvercle et les quatre faces repro duisent des tableaux de l'*Ecole hollandaise.*

H. : o,14 ; L. : o,17 ; L. : o,13.

281 *bis.* — *Pharmacie en acajou,* fermant à clé ; anneaux portatifs en cuivre ; 8 cases garnies de flacons bouchant à l'émeri.

H. : o,15 ; L. : o 26 ; L. : o 14.

281 *ter.* — *Cantine,* comprenant : 6 pièces en cristal taillé ; 2 en metal doré ou argenté ; agencées dans un étui en cuir.

H. et L. : o 20 ; L. : o 10.

Faïences - Porcelaines - Objets divers

282. — *Pièces en faïence ou porcelaine* de Chine, Japon, Nevers, Rouen, Rubelle, Saxe, Spode, etc. (36 pièces).

283. — *Tasses et soucoupes Louis XV*, fabriquées à...? Ornées de fleurettes *Pompadour*. Rares.

284. — *Solitaire en bleu barbeau*, fabriqué à Amstel. Rare.

285. — *Pommes de canne*, en pâte tendre de Saint-Cloud.

285 *bis.* — *Deux jardinières :* l'une, en vieux Rouen; l'autre, en vieux Nevers. (Vente Colomb sus-indiquée.)

286. — *Verre à boire*, avec ornements et inscription de 1815. — *Deux coupes* en verre de Venise.

287. — *Vase à anses*, en porcelaine de la *Restauration*, décor bleu et or; monté sur pied en bronze ciselé. Le cartouche de l'une des faces reproduit une vue de Warwick-Castle.

H : 0,38.

288. — *Deux petits vases*, en porcelaine ivoirine de Worcester. Rares.

H. : 0,10 ; Diam. : 0,075.

289. — *Théière en vieux Wedgwood*. Rare. (Achetée à Carlisle, Écosse.)

289 *bis.* — *Sucrier* en vieux Derby; de forme ovale; ornementé de fleurettes et de bordures dorées.

H : 0,09; G. et P. diam. : 0,135 et 0,100.

290. — *Ruban tricolore*, qu'on vendait dans les rues de Paris, pendant la Révolution de 1848.

L. : 0,97; L. : 0,02.

291. — *Couvertures en nacre* pour livre de prière. La *Vierge*, vue en buste, de profil, à droite, est sculptée sur une des faces.

H. : 0,12; L. : 0,08.

292. — *Cachet à lettres. Etuis à chapelet et à aiguilles*, en bois exotique. — *Plume d'acier*, ajourée par J^h Gillot, fabricant à Birmingham. A figuré à l'E. U. de Londres, en 1851.

293. — *Rideaux orientaux*, tissés en soie, où sont peints des oiseaux et des fleurs. Rapportés de Chine, par le capitaine B..., en 1860.

H. : 2,50; L. : 0,60.

294 — *Glace persane biseautée*, de style Louis XIII, avec cadre en bois dur, orné d'incrustations de nacre.

H. : 1,02 ; L. : 0,59.

295. — ***Dix-sept cadres de miniature,*** en bois noir, avec leurs cercles dorés; deux en métal; quinze glaces de miniature, et deux petits cadres dorés, de style Louis XV.

Livres et Journaux illustrés

296. — ***Billets de Junius*** (Mars 1908-Mars 1909). 1 vol. in-8, broch.

297. — ***Boileau-Despréaux*** (Œuvres de Nicolas), avec éclaircissements historiques par lui-même; remarques de D. Mortier. Nouvelle éd., Amsterdam, 1708. 2 vol. in-4. r., dos orné, ill. : d'un frontispice avec portrait de l'auteur; des arm., port. de la Princesse de Galles, et de 6 belles grav. pour le *Lutrin*.

298. — ***Chronique de la Société des Gens de Lettres.*** 5 années, 1892-1896, rel. en 1 vol.

299. — ***Description des expériences de la machine aérostatique de Montgolfier,*** par Faujas de Saint-Fond. 1 vol. in-8, or. d'un frontispice; de 9 pl. gr. en taille douce, dont 8 col. par Lawrince. Paris, 1784, rel. fatiguée.

300. — ***Flammarion, C., Les Etoiles et les beautés du Ciel.*** 1 vol. in-8, ill. et rel.

301. — ***Géographie de Malte-Brun.*** 9 vol. in-4, ill. et rel.

302. — ***La Plata,*** étude historique, par Santiago Arcos. 1 vol. in-8, Paris, 1865, rel.

303. — ***London interiors. 1851.*** 1 vol. in-4, nomb. ill., rel., dos maroq.

304. — ***London and its environs. 1851.*** 1 vol. in-4, nomb. ill., rel. dos maroq.

305. — ***Paris à travers les âges,*** par G. de Genouillac, 5 vol. in-4, rel. et ill.

306. — ***Prost, J.-C.-Alfred. Trois Œuvres d'un Méconnu.*** (Abrégé de la Vie de Ferd¹ Thénard.) Broch. in-8° de 11-32 p., Paris, 1891. — 15 exemp.

307. — ***Prost, J.-C.-Alfred. Famille d'Artistes. Les Thénards,*** et ***Supplément à Famille d'Artistes.*** Vol. et broch. in-8°, de VII-320 p., — IV-23 p., Paris, E. Leroux, éditeur, 1900. Ouvrages présentés à l'Académie des Beaux-Arts, dans sa Séance du 20-X 1900. — 4 exemp., n°ˢ 97 à 100, avec leur *Supplément* correspondant à chaque volume.

3o8. — *Album Mariani.* Figures contemporaines. 9 exemp.

3o9. — *Le Panache.* Journal in-4, ill. et bi-heb., depuis sa fondation, 1902-1903, jusqu'à 1910, inclus. 8 années, chacune dans un cartonnage *ad hoc.*

3ro. — *Les Gaudes.* Journal in-4, ill. heb., 8 années, 1890-1897, rel. en 4 vol.

3rr. — *14 Journaux illustrés,* dont 6 coloriés et TRÈS RARES.

3r2. — *Le Gaulois du Dimanche,* ill. ou col.; 72 n^os, de 1899 à 1907.

3r3. — *Dessins de Forain,* 180 reproductions faites dans l'*Echo de Paris* et le *Gaulois.*

Catalogues in-4° et in-8°,
d'Expositions ou de grandes Ventes.

3r4. — Boudon (le D^r). — Beaumont (Alvin de). — Boilly (4 tab. de). — Bonnafé, E^d. — Burty (est. jap.). — Chardin et Fragonard. — Chauvin (Hélène). — Crayons du XVIe siècle. — Debacker. — Defer-Duménil. — Duparc (est. jap.). — Estampes des XVIe, XVIIe et XVIIIe siècles. — Galerie Michel-Ange. — Goncourt frères : Objets d'art, et Choses d'Extrême-Orient (le 2e non ill.). — Lemmé, Jules. — L. de V., au Havre (bibliothèque). — Meurville. — Ouach, Ch.-E. (bibliothèque). — O Sulivan de Kerdeck : 2 vol. dont 1 album de riches reliures. — Péricaud, Louis. — Pouy, F., à Amiens. — Rougier frères, de Lyon. — Schmidt, Paul (bibliothèque). — Soulavie. — Talleyrand et Sagan. — Révolution et de l'Empire. — Théâtrale. — Toison d'Or (2 exemp.), etc.

3r5. — *Huit prospectus* de l'ancienne *Compagnie des Indes,* imprimés en chinois, et cartonnés séparément. Rares.

3r6. — *Trois cents autres catalogues,* environ, non ill., des ventes : Chappey, Doistau, Fitzhenry, Lelong. Polovstoff, etc., etc.

Table des Matières

www.ingramcontent.com/pod-product-compliance
Ingram Content Group UK Ltd.
Pitfield, Milton Keynes, MK11 3LW, UK
UKHW031808170726
13836UKWH00003B/1269